Lilly Jeunesse Éditions
11 rue Dantagnan - 33240 Saint-André-de-Cubzac
www.lillyjeunesse.fr

ISBN : 979-10-92400-05-2
Dépôt légal : Avril 2014

Première édition

Graphisme et maquette : nicomnico.fr

Imprimé en UE par Pulsio Sarl Paris - Deuxième trimestre 2014

Texte de Nathalie Bernard
Illustrations de Pauline Amélie Pops

De Poil & de Fer

Épisode 1

Lilly Jeunesse Editions

Pour mon loup...

L'enchanteresse de Brocéliande

chapitres

1
L'adoubement

Il faisait frais dans la chapelle du château, mais l'air embaumait d'arômes entêtants et l'émotion réchauffait les cœurs. C'était le grand jour, celui de ses quinze ans. Guillaume avait jeûné et s'était baigné dans une eau parfumée avant de passer la nuit debout dans la chapelle, en méditations et prières. À l'aube, on l'avait revêtu d'une tunique écarlate, puis de son armure toute neuve, étincelante. Il se tenait droit et fier et ne semblait pas même fatigué par sa nuit de veille. Au signe de la main de son seigneur, il s'agenouilla et attendit humblement que ce dernier lui donnât la colée, ce violent coup sur la nuque qui ferait de lui un chevalier dévoué. Le moment était solennel, et son père, Godefroy de Millefleur, avait la larme à l'œil. Pourtant, dans toute l'assemblée, personne n'était plus ému qu'Alix, le meilleur ami de Guillaume. Plus jeune de deux ans, il n'était encore que simple écuyer. Mais pour lui, cette cérémonie ne viendrait certainement jamais. Car Alix avait enfermé en lui des secrets inavouables, des secrets qui le forceraient bientôt à s'éloigner de son ami...

Enfin, le seigneur donna trois coups du plat de son épée sur la joue du jeune homme et prononça fièrement ces mots :

— Au nom de Dieu, de Saint-Michel et de Saint-Georges, Guillaume de Millefleur, je te fais chevalier ! Sois vaillant, loyal envers moi et généreux envers ton prochain !

— Je le serai Monseigneur ! répondit prestement l'intéressé, le regard brillant et les pommettes légèrement colorées par l'intensité du moment. Puis il se releva dans un mouvement empreint d'élégance et tous eurent l'impression qu'il était plus grand. Il avait soudain l'air d'un homme.

Alors le seigneur ajouta d'un ton plus grave :

— Je n'en ai point tout à fait fini Guillaume.

— Que voulez-vous mon bon seigneur ?

Le visage de l'homme se tendit. Il semblait avoir pris dix ans en une seconde et ce fut presque en chuchotant qu'il lui dit ceci :

— Dès demain soir, tu devras te rendre dans la forêt et trouver l'enchanteresse qui m'a enlevé ma très chère fille. Ramène-moi mon enfant saine et sauve et je t'offrirai une bourse remplie d'or.

À l'évocation de cette femme, un murmure d'effroi parcourut l'assemblée. Tous savaient que beaucoup étaient déjà partis et que nul n'était encore jamais revenu de cette expédition...

Pourtant, Guillaume répondit sans la moindre hésitation :

— Je ferai selon votre volonté monseigneur !

Pris de court, son père, Godefroy de Millefleur, ouvrit la bouche mais eut tout juste la force nécessaire pour retenir les mots qui souhaitaient en sortir. Il craignait fort pour la vie de son fils mais ne pouvait évidemment pas se rebeller contre l'ordre du seigneur sans risquer d'être banni à tout jamais...

Quant à Alix, il tremblait littéralement d'effroi. Il ne supportait pas l'idée que son meilleur ami pût disparaître à tout jamais dans les profondeurs de Brocéliande.

Tous disaient qu'il était déjà dangereux de s'y promener simplement, alors s'y rendre pour défier cette enchanteresse était certainement la pire des choses qui pouvait arriver à quiconque, même au plus valeureux !

Le banquet qui suivit fut de saveur amère pour les proches du jeune chevalier de Millefleur. Ils ne goûtèrent aux mets que du bout des lèvres et le vin de fête ne parvint pas à rosir leurs joues pâles d'angoisse. Bizarrement, seul Guillaume semblait joyeux. Il mangeait de bon appétit les pâtés et les viandes rôties, riait des farces du fou et s'amusait des chansons des troubadours. Après tout, c'était sa fête, la première en son honneur, et il voulait en profiter sans penser aux dangers qui l'attendaient dès le lendemain...

Vers le milieu de la soirée, il s'approcha de son meilleur ami.

— C'est quoi cette tête de trois pieds de long Alix ?

— Je m'inquiète pour toi.

— Bah, tu ne devrais pas ! Cette enchanteresse ne me fait pas peur !

Et pour lui montrer sa force, Guillaume fit

tournoyer sa lourde épée au-dessus de sa tête. Le sifflement du métal effleura l'oreille d'Alix mais ne le convainquit pas. Il argumenta :

— Tu sais bien que quatre chevaliers et six hommes du village sont déjà partis avant toi et qu'aucun n'est encore jamais revenu ! Dieu seul sait ce qu'elle leur a fait subir !

— C'est vrai, il semblerait qu'ils aient tous échoué. Mais souviens-toi de qui était parti : Gauvain avec ses quelques kilos en trop, Richard envoûté par une damoiselle et tout le monde ici sait que Pépin n'est qu'un trouillard...

— Tu oublies Arnaud !

— Oui, Arnaud était courageux. Peut-être qu'il n'a simplement pas eu de chance ?

— Ou que cette enchanteresse est si puissante qu'elle ne peut être vaincue !

— Détends-toi un peu ! Profite donc du moment présent ! Nous avons toute la nuit pour manger, jouer et danser. Et regarde par là, il me semble que cette damoiselle te fait les yeux doux.

Effectivement, une jeune fille dont les cheveux blonds étaient recouverts d'un voile bleu lui lançait de vives œillades. Alix grimaça.

— Tu es vraiment trop timide ! se moqua Guillaume.

L'autre rougit un peu et tenta de cacher son émotion en mordant à pleines dents dans une cuisse de dinde bien juteuse.

— Ah ! Je préfère ça ! s'exclama son ami qui était loin de se douter de ce qu'Alix avait présentement en tête...

2

Le vol de l'armure

Tous veillèrent bien tard cette nuit-là et allèrent se coucher fourbus après les multiples danses et les litres de vin avalés. Peu avant l'aube, Guillaume, heureux de cette belle soirée, alla se coucher afin de récupérer quelques forces avant son départ. Comme il n'avait pas fermé l'œil depuis l'avant-veille, il s'endormit rapidement.

Peu après, la porte de sa chambre grinça légèrement et une ombre se faufila sans bruit dans la pièce. Sans une hésitation, l'intrus progressa jusqu'au mannequin de bois qui supportait l'armure flambant neuve. Mais au moment où sa main saisissait le heaume, son cœur s'accéléra.

Ses palpitations ressemblaient à des coups de tambour, lourds et rapprochés. Il suspendit son geste.

— Mon ami, tu sais que je ne veux que ton bien. En te privant momentanément de ton armure, je t'empêche de prendre le risque de disparaître dans la forêt...

Alix avait murmuré ces mots. D'un souffle aussi léger qu'une plume, ils avaient voyagé jusqu'aux oreilles de Guillaume sans pour autant troubler son sommeil.

— Tu sais bien que je n'ai aucune envie de te laisser là, mais je n'ai pas le choix. Je dois partir sans tarder avant que tu ne découvres qui je suis réellement...

Alix prit tous les éléments de la cuirasse de métal et laissa un mot épinglé à leur place.

Guillaume, je t'emprunte ton armure. J'espère

que tu ne m'en voudras pas trop, mais j'en ai besoin pour vaincre l'enchanteresse...
Adieu.
Ton ami pour la vie, Alix

Alourdi par son larcin, il parcourut les couloirs de pierre grise aussi vite qu'il le pouvait afin de rejoindre les écuries. Il aimait cet endroit dans lequel il avait dormi plus d'une fois en compagnie des bêtes. C'était un peu sa maison, et elle lui manquerait certainement davantage que les murs glacés du château...
Dès qu'il passa le seuil, l'odeur de la paille fraîche mêlée à celle des chevaux envahit ses narines. Il respira à plein poumons pour garder longtemps l'odeur en lui. Puis, sans hésiter, il détacha Brindille. Ce canasson efflanqué était certainement le pire cheval du château. Il ne manquerait à personne et c'était pour cette

raison qu'Alix le choisissait. Emprunter l'armure de Guillaume était une chose, priver ses frères d'armes de leurs meilleures montures en était une autre. Quoi qu'il en soit, la bête, tout excitée par cet évènement aussi inattendu qu'inespéré, se mit brusquement à hennir.

— Chut ! Tais-toi donc idiote ! Tu vas me faire repérer !

Bizarrement, l'animal sembla comprendre ce qu'il lui demandait et se tint à carreau jusqu'au pont-levis. Là, voir l'horizon s'ouvrir devant lui dut l'émoustiller plus encore car il ne put cette fois s'empêcher d'émettre une sorte de couinement de bonheur. Alix retint son souffle. Les gardes étaient à leur poste, assommés par le vin et la ripaille, mais tout près. Si par malheur, ils le voyaient ainsi accoutré, c'en était fini ! Il caressa l'encolure de Brindille en lui murmurant doucement à l'oreille :

— Tais-toi ma belle, s'il te plait tais-toi... Puis il grimpa sur le dos de l'animal et le fit progresser sur le pont, au pas. Quand il se fut suffisamment éloigné, il donna un coup d'éperon contre ses flancs et la bête partit au grand galop, en direction de la forêt de Brocéliande. Alix fixa ses yeux sur son objectif : une boule de verdure incroyablement dense. La nuit semblait s'évaporer de cette chevelure verte et quittait peu à peu les grandes étendues. Bientôt, il ferait jour. Pourtant, au loin, les bois lui apparurent incroyablement sombres, comme si là-bas, la nuit était si profondément enfouie sous les frondaisons qu'elle avait du mal à s'en échapper complètement...

3

La forêt

Alix avait l'habitude de se débrouiller seul. Orphelin depuis l'âge de sept ans, il en avait maintenant treize. Son amitié pour Guillaume lui avait permis d'entrer au château en tant que valet d'armes et, durant les cinq années suivantes, il avait appris à monter à cheval et à tirer à l'arc. Il avait développé une musculature fine et élancée et, même s'il n'était pas encore un chevalier, il se sentait suffisamment fort pour faire face à un ennemi. En revanche, il ne connaissait pas la forêt de Brocéliande et elle l'effrayait pour ce que l'on racontait sur elle : un lieu secret, un réseau de racines et de feuilles mêlées à un humus ancestral, peuplés d'animaux et de créatures inconnues de la ville. On la disait aussi dangereuse et remplie de magie... Alix avait vaguement entendu parler d'histoires de korrigans et de fées, mais il ne les avait jamais crues. Il avait d'ailleurs du mal à gober cette histoire d'enchanteresse. Il penchait plutôt pour une troupe de brigands attendant le bon moment pour demander une belle rançon au seigneur !

Arrivé à la lisière des bois, il fit stopper sa monture. Ils semblaient si opaques et si fournis qu'avant même d'y pénétrer, il en ressentait une brusque impression de suffocation. Etrangement, Brindille était calme. Elle attendait ses ordres. Il lui caressa la crinière.

— Tu m'étonnes à chaque instant, ma vieille carne. Pour un peu, je te trouverais plus courageuse que moi...

Alix hésita encore un instant et, après avoir

pris une grande inspiration, il donna un coup de talons sur les flancs de la jument. Ensemble, ils pénétrèrent sous la voûte sylvestre, avec la désagréable impression de s'enfoncer dans une eau noire...

Il dirigea ses rênes vers le nord, direction que le seigneur avait indiquée à Guillaume pour trouver le repère de l'enchanteresse. Mais il n'était pas aisé de garder un cap en l'absence de chemin tracé. Il devait écarter sans répit les branchages qui lui fouettaient le visage tandis que sa monture se frayait un passage parmi les buissons. Au bout de quelques temps, il remarqua qu'autour de lui, le vent soufflait doucement entre les feuilles. On aurait dit une respiration lente et mesurée, un peu comme si un gros animal dormait sous la terre. D'abord cela l'angoissa, puis il finit par se laisser bercer par ce son doux et régulier. Associé au balancement de sa monture, il l'amena peu à peu vers un état de somnolence. Se sentant partir vers le monde des songes, il se mordit la joue jusqu'au sang pour ne pas s'endormir. Mais ses paupières s'alourdissaient et il fut bientôt happé par le sommeil...

Un peu plus tard, Alix n'aurait su dire exactement combien de temps après, il fut réveillé par des chuchotements incompréhensibles. En tendant l'oreille, il crut saisir ceci :

— Perfida... nom d'une baudroie...

Il se donna un coup sur le casque pour achever de se réveiller et, cette fois, il entendit distinctement :

— C'est par là... non, plus à droite...

Mais le jeune garçon eut beau tourner la tête de gauche et de droite, il ne vit personne.

— C'est à droite.

— Non, je te dis que c'est à gauche !

— À droite !

— À gauche !

D'où venaient donc ces voix qui, parfois se chevauchaient, parfois se contredisaient ? En temps normal, Alix aurait dégainé son épée et défié cet ennemi invisible. Mais en cet instant, il se sentait un peu différent, plus calme et plus serein qu'il ne l'avait jamais été. Etait-ce la forêt qui agissait sur lui ? Ou bien le déhanchement régulier de sa monture ? Il n'en avait aucune idée, mais étrangement confiant, obéissant aux voix, il bougeait à peine ses rênes et Brindille prenait la direction indiquée.

— Oui c'est bien, continue par-là... un peu plus au nord...

Il avait le sentiment d'être guidé par des fils invisibles et de progresser dans un labyrinthe complexe. Ça tournait, ça bifurquait sans arrêt, mais jamais les voix ne le lâchaient. Elles formaient comme un essaim autour de lui et de sa monture, un bourdonnement incessant qui l'amenait peu à peu au centre de la ruche, peut-être là où se tenait la reine...

4

Une rencontre inattendue

Un grognement de fauve le réveilla en sursaut. Alix se redressa d'un coup et, rouvrant ses paupières, découvrit face à lui un... ours ! Immense, le poil sombre et luisant, il se tenait debout sur ses pattes arrière et ses petits yeux noirs le fixaient méchamment. Le jeune garçon savait que cette bête-là pouvait le mettre à terre d'un mouvement de patte et le déchiqueter d'un coup de griffes... Il aurait dû s'empresser de faire demi-tour, fuir, partir au triple galop ! Mais la bête, qui faisait au moins deux têtes de plus que lui, lui barrait le chemin. Celui-là même qu'il devait prendre et qui le menait là où la fille du seigneur était captive. Il ne pouvait pas faire demi-tour. Alors, rassemblant tout le courage dont il était capable, Alix baissa la visière de son casque et dégaina son épée.

— Monstre ! Tu ne m'empêcheras pas d'aller là où je dois ! s'écria-t-il vaillamment en frappant de ses talons les flancs de sa frêle monture.

— Eh ! arrête ! Je ne t'ai rien fait ! Pourquoi veux-tu donc m'embrocher ?

Contre toute attente, l'ours venait de dire ses mots et tout de suite après il s'était recroquevillé sur lui-même à la manière d'un enfant apeuré ! Halluciné, Alix tira fortement sur ses rênes pour stopper sa course. Brindille hennit bruyamment avant de s'immobiliser.

— Tu... tu parles ? Tu es... tu es un ours qui parle ? demanda-t-il d'un air abasourdi.

— Quoi ? Que dis-tu ?

— Es-tu un ours qui parle ou ai-je perdu l'esprit ?

— Un ours ? Ah ah ah !

L'animal se mit à rire, découvrant une rangée de canines et d'incisives plutôt impressionnantes...

— Tu n'as pas l'air méchant, mais tu racontes vraiment n'importe quoi l'ami ! Un ours qui...

A ce moment-là, le plantigrade considéra ses mains couvertes de poils ainsi que les griffes qui les prolongeaient.

— Hein ? Qu'est-ce que...?

Il fit un tour sur lui-même, observa un instant son ventre brun, se toucha les oreilles avec un air affolé et grimaça pour toucher une de ses canines. Pour finir, il se mit à hurler.

— Qu'est-ce qui m'arriiiiiiiiiiiiiive ?

Alix n'y comprenait rien. Mais l'ours, tout occupé par sa découverte, tournait sur lui-même comme une toupie devenue folle.

— Mais c'est pas possible ! C'est pas possible ! répétait la pauvre bête, visiblement en proie à la panique. Alix décida que c’était l’occasion de poursuivre tranquillement sa route. Laissant l’animal soliloquer, il donna un coup d’éperon sur les flancs de Brindille et reprit son chemin.

— À ta place, je n’irai pas par là.

Le jeune garçon se retourna. L’ours s’était immobilisé. La patte tendue, il lui désignait l’allée majestueuse qui s’ouvrait entre les troncs de grands et magnifiques hêtres.

— Ça y est l’ours ? Tu es calmé ?

— Calmé ? Comment veux-tu que je me calme ? Tu connais beaucoup d’ours qui parlent toi ?

— Je vais t’avouer une chose : on m’aurait raconté cet enchantement, je n’y aurais pas cru une seule seconde, mais maintenant que tu es là devant moi, je suis bien obligé d’admettre que tu existes. Je ne peux pas douter de ce que je vois et de ce que j’entends : tu es bel et bien un ours qui parle. Et puis finalement, malgré tes griffes et tes grandes dents, tu n'as pas l'air très méchant. Alors je ne vois pas très bien pourquoi je m'inquièterais...

L'autre ne sut pas très bien s'il se moquait de lui ou s'il voulait être gentil.

— Ben moi je m'inquiète ! C'est un cauchemar ou quoi ? Combien de temps je vais rester comme ça, hein ?

— Comment ça «comme ça» ? T'es comment d'habitude ?

— D'habitude je suis un beau garçon, brun, juste un peu plus grand et plus costaud que toi et...

— Un garçon ? J'ai quand même du mal à te croire.

— Je le jure sur la tête de ma grand-mère ! fit l'ours en levant la main, euh... la patte droite.

— Ta grand-mère ? Bon enfin bref, pourquoi veux-tu m'empêcher d'aller dans cette direction ?

L'ours plaça ses pattes sur ses hanches, puis il lui

déclara d'un air docte :

— Il se trouve que je viens précisément de cet endroit. Et, si je comprends bien ce qu'il m'arrive, je te déconseille de t'y diriger, sauf bien sûr si tu as envie d'être couvert de poils, de brouter des racines et de croquer des champignons crus pour le restant de ton existence...

De manière assez inattendue, l'animal se mit soudain à pleurer bruyamment.

— Je ne veux pas me nourrir de lichen et de larves d'abeilles pour le reste de ma vie ! Je suis un bon vivant moi ! J'aime les rôtis et les friandises !

Alix ne put s'empêcher de lever les yeux au ciel.

— Mais enfin, qu'est-ce que tu racontes ?

L'ours essuya ses larmes.

— Es-tu sourd ou complètement insensible ? Je te l'ai dit, je suis un ÊTRE HUMAIN ! En venant dans cette forêt, moi aussi j'avais une bonne épée et un écu, tout comme toi. C'est cette sorcière, cette affreuse enchanteresse qui m'a jeté un sort ! Mais oui ça ne peut être que ça ! Je me suis réveillé dans un arbre en train de lécher le miel d'une ruche et je crois bien que j'avais complètement oublié qui j'étais...

Il hoqueta en sanglotant. Alix commençait à en avoir marre de ses jérémiades.

— Allons, allons reprends-toi ! Comporte-toi donc en ours ! Tu es tout de même le roi de la forêt ! Fier, courageux, fort et brutal...

— Moi ? Je voulais juste gagner les pièces d'or de la récompense pour soigner ma pauvre grand-mère malade.

— Quoi ? Toi aussi tu étais là pour retrouver la princesse ?

—Bien sûr ! Aucune personne saine d'esprit ne viendrait se promener sans but dans cette sinistre forêt...

5

Une équipée saugrenue

La nuit arrivait sur la pointe de ses pieds griffus et, avec elle, un châle de givre se déposa sur leurs épaules. Cette fraicheur semblait exceptionnelle pour une nuit de printemps. Il fallait espérer qu'il ne s'agissait pas d'un nouveau sort...

Alix fit démarrer un feu pendant que l'ours leur cherchait de la nourriture alentour. Quand il revint, ce dernier déposa par terre une belle poignée de baies sauvages et de figues fraîches.

— Merci.

— Pas de quoi ! Avec mon nouveau nez, c'est trop facile !

— Museau.

— Quoi ? Ah oui...

Le plantigrade tâta son nouvel appendice puis il s'assit sur son arrière-train, pas trop près de la flambée.

— Manquerait plus que je me roussisse le poil !

— De toutes façons, je suppose que tu n'as pas froid avec un pareil manteau ? Ce doit être bien plus confortable que ma rude carcasse de tôle...

— En effet ! Finalement, c'est assez sympa d'être un ours.

Dans un réflexe incontrôlé, l'animal se gratta violemment le bas du dos contre un tronc d'arbre. Alix se retint de rire quand, juste après, il déclara d'une manière tout à fait civilisée :

— J'étais en train de me dire que nous devrions nous associer.

— Nous associer ?

— Nous avons tous les deux besoin de cet or.

— Apparemment.

— Et seul, il est évident que nous n'y arriverons pas.

— Tu as sûrement raison...

Alix jeta une autre branche dans le feu qui commençait à offrir une belle chaleur. Il réfléchit un instant, puis demanda à l'animal :

— Je ne peux décemment pas m'associer à un ours sans nom. Comment t'appelles-tu ?

— Arthur.

— Arthur ? Pas mal. Moi c'est Alix.

L'ours hocha la tête.

— Écoute-moi Alix, les korrigans m'ont parlé d'une vieille femme, peu commode, qui vit dans la grotte aux fées. On raconte qu'elle sait beaucoup de choses sur les enchantements de la forêt.

— Les korrigans ? La grotte aux fées ?

— Ne me dis pas que tu es surpris ! Je te rappelle que tu es en forêt de Brocéliande et que

tu es en train de parler à un ours...
Alix releva un sourcil perplexe, ôta ses gants de métal et plaça ses mains nues au-dessus du feu. Arthur, qui avait suivi tous ses gestes, remarqua la délicatesse de ses articulations.

— Que crois-tu que cette vieille femme puisse faire pour nous ? lui demanda Alix.

— Peut-être sait-elle si l'enchanteresse a une faiblesse. Tout le monde a son talon d'Achille.

— Je te l'accorde...

— Alors, quand partons-nous ?

— Un ours et un écuyer en armure volée, quelle belle équipée...

— En armure volée ?

La vérité était sortie de la bouche d'Alix, sans prévenir. Il s'en mordit la langue jusqu'au sang avant de préciser :

— Empruntée serait plus juste, mais c'est une trop longue histoire...

— J'adore les histoires ! Ma grand-mère m'en racontait des tas !

Alix bailla. Il n'avait aucune envie de raconter sa vie.

— Pour l'heure, il serait plus judicieux de dormir un peu...

— Les ours n'aiment pas beaucoup dormir la nuit. Je te réveillerai à l'aube.

⑥

La grotte aux fées

D'après l'ours, la grotte aux fées n'était pas très loin. Il ne savait pas exactement où mais il avait entendu dire que, pour la trouver, il suffisait de repérer une fée et de la suivre. Alix emboîta le pas d'Arthur sans conviction, faute d'avoir une meilleure idée dans l'immédiat. Pour lui, les fées n'existaient que dans les rêves les plus fous, ou dans les histoires que les vieux racontaient dans les veillées au coin du feu.

— Il faut être très attentif. Les fées ne se montrent qu'entre deux battements de paupière. Si tu ne les vois pas assez vite, elles disparaissent aussitôt...

Joignant le geste à la parole, l'animal tenta maladroitement de faire claquer ses doigts, ne réussissant qu'à agiter ses pattes griffues.

— Comment sont-elles ? Bizarrement, je n'en ai encore jamais vu, se moqua Alix.

— Il paraît qu'elles sont plutôt jolies avec des petites ailes colorées... Je suis sûr que tu les reconnaîtras quand tu les verras. Ce qu'il faut savoir, c'est qu'elles aiment les choses légères comme les rêves, les nuages, ou encore la rosée du matin. D'ailleurs, à mon avis, elles vont détester ton armure, tu devrais au moins enlever ton casque et tâcher de te mettre à rêvasser un peu...

Tout en enlevant délicatement le heaume de sa figure, Alix lui demanda, sincèrement intrigué :

— Comment sais-tu toutes ces choses ?

Pour la première fois, Arthur contempla l'ensemble de ce visage. Comme lui, Alix avait les cheveux bruns coupés courts, mais ses yeux, d'un vert émeraude, étaient soulignés par de longs cils noirs. Il était beau, et la finesse de ses traits lui fit penser qu'il avait de riches origines.

— Ma grand-mère est une fille des bois, elle connaît la forêt et ses secrets, lui apprit Arthur. Elle s'y est rendue souvent pour y cueillir des plantes.

— C'est une sorcière ?

— C'est comme cela que certains l'ont souvent injustement nommée. Pour ma part, je n'appelle pas sorcellerie le goût de guérir ses semblables...

— Je ne comprends pas. Si elle connaît si bien les plantes, pourquoi ne peut-elle pas se soigner elle-même ?

— Je ne t'apprendrai pas que la vieillesse est une maladie incurable... Depuis quelques temps, elle a du mal à se déplacer. Je suis venu chercher cet or pour lui offrir le réconfort qu'elle mérite.

Une bonne couche, du bois autant qu'il lui en faut pour avoir chaud et de quoi faire deux repas par jour. Avec le reste de l'argent, j'irai voir l'apothicaire pour qu'il lui donne un remède revigorant. J'espère juste rendre sa dernière année plus douce.

— Sa dernière année ? Comment peux-tu le savoir ?

— Moi je n'en sais rien, mais elle me l'a dit. Elle connaît ce qui se cache dans l'invisible...

Les yeux de l'ours s'humidifièrent mais il secoua son pelage et ajouta vivement :

— Maintenant, chasse tes pensées et tâche de laisser ton esprit vagabonder légèrement.

Ils se turent donc et reprirent une marche lente, propice aux songeries. Mais Alix avait trop de choses en tête. Il pensait à Guillaume, à l'armure et à son avenir. Il n'arrivait pas à faire le vide...

Ils marchèrent durant un long moment sous la voûte de verdure, l'un sur sa monture, l'autre progressant sur deux ou quatre pattes. Brusquement, Arthur s'exclama :

— Ici ! J'en ai vu une !

— Où ça ?

— Trop tard ! Tu as cligné des yeux !

— Quoi ?

— Tu as cligné des yeux ! Il ne faut pas cligner des yeux.

— Désolé.

— Ce n'est pas grave. Allons voir de ce côté, elle est partie par là.

Il entra dans un fourré. Alix dut mettre pied à terre, pour l'y suivre avec son cheval tenu par la bride. Il eut du mal à traverser l'épaisse végétation, mais ce qu'il découvrit juste derrière lui donna carrément le tournis...

À cet endroit de la forêt vivaient effectivement

des fées. Elles étaient des dizaines et des dizaines, peut-être même des centaines ! Jolies, avec des ailes bleues, rouges, roses, vertes ou multicolores, et des cheveux verts, oranges, bleus ou blancs. Rapides, rieuses, visiblement surexcitées. Sans une hésitation, l'ours entra dans leur essaim et se mit aussitôt à rire de leurs chatouilles. Alix l'imita un peu à contrecœur et fut aussitôt assiégé par une multitude de petites mains, de petits pieds, de petits ongles et de petites dents qui essayaient de rentrer dans son armure ou de s'accrocher à ses cheveux. Il tenta plusieurs fois de les chasser de la main, mais les créatures ailées revenaient sans cesse. À la fois troublé et agacé, il se dépêcha d'aller attacher sa monture à un arbre. Les fées tentèrent de l'en empêcher. Alix se mit à rougir de colère. Mais Arthur le prévint :

— Elles jouent. Laisse-les faire, elles en auront

vite marre ! En revanche, si tu les rejettes, elles ne te lâcheront plus...
Alix ne cessait de s'étonner de sa science des créatures de la forêt, mais il l'écouta et se força à laisser les fées le tourmenter. Il s'abandonna à leur essaim et se fit ballotter, trimbaler, déplacer à leur gré.
Quand enfin, elles desserrèrent leurs étreintes, ils purent constater que derrière le mur vivant qu'elles formaient, se trouvait une grotte. Comme elle n'était rattachée à aucune roche alentour, elle semblait avoir poussé là comme un gros champignon minéral. De couleur grise, elle évoquait la dureté et la froideur et ne donnait aucune envie de s'y reposer pour une halte... Bientôt, une vieille femme apparut sur le seuil. Elle semblait très âgée et se tenait voutée, la main droite appuyée sur un bâton finement sculpté d'entrelacs. Une dizaine de fées étaient

accrochées à ses longs cheveux gris. Certaines s'en servaient de balançoire, d'autres lui tressaient des nattes tout en discutant joyeusement dans une langue incompréhensible.

— Doucement les filles ! leur dit-elle. Si vous chahutez trop, je ne vais rien entendre de ce que me racontent ces deux là !

Elle les scruta de ses yeux bleu-acier et, sans montrer aucune émotion, elle se contenta de constater :

— Une fillette en armure et un ours à l'intelligence humaine ! Voilà une visite peu ordinaire !

Arthur jeta un regard interrogatif à Alix, qui haussa les épaules d'un air de dire «comprends pas...». Mais la vieille dit encore :

— À force de vivre avec ces frêles créatures, mon esprit voit au-delà des apparences. Pourtant, vous vous rendrez vite compte que je ne suis qu'une simple femme, venue vivre ici à l'écart du monde depuis bien longtemps... Bref, tout ça pour vous dire que je sais déjà ce que vous venez me demander.

— Vraiment ?

— Oui jeune homme à la belle fourrure, vraiment ! Vous voudriez en savoir plus sur l'enchanteresse de Brocéliande.

— Et bien vieille femme, il est vrai que...

— Bien entendu, je pourrais vous apprendre beaucoup de choses sur elle, mais dans ma grotte rien n'est offert et surtout pas mes paroles !

— Que voulez-vous en échange vieille femme ? demanda Alix.

— Pour commencer, cessez donc de m'appeler vieille, je ne le sais déjà que trop ! Nommez-moi plutôt l'Ermite, cela me sied mieux.

— Très bien. Qu'est-ce qui vous ferait plaisir l'Ermite ?

— J'ai justement là une liste toute prête. L'un de vous sait-il lire ?

Alix s'en saisit et la parcourut à voix haute :

— Une pommade de l'apothicaire contre les cors aux pieds, du miel de trèfle pour les fées, et de la maniguette*...

— En vérité ce n'est pas grand chose. Et bien évidemment, je ne vous donne pas un sou, à vous de vous débrouiller pour me ramener tout ça !

Elle leur sourit, découvrant une horrible rangée de dents dont la couleur hésitait encore entre le marron et le vert, puis elle leur désigna une trouée qui s'enfonçait dans le bois.

— La ville, c'est par là ! Allez ouste ! Je ne veux plus vous voir tant que vous n'aurez pas mes courses...

* Maniguette : sorte de poivre, appelé aussi « graine du paradis ».

7

En route pour la ville

Ils prirent le chemin à rebours, ce qui ne plut pas beaucoup aux korrigans et autres créatures des bois...

— Non, pas par-là ! Par ici ! Par ici ! entendirent-ils de nouveau de toutes parts.

Ils tentèrent bien de résister, mais furent bientôt happés par les voix qui les appelaient. Ils les suivirent et se trouvèrent alors dans une clairière magnifique. Le sol était recouvert d'orchidées sauvages et d'ajoncs en fleurs. Un rayon de soleil en éclairait le centre. Emerveillé, Alix s'avança de quelques pas pour rejoindre un cercle formé par des pierres, de la taille de gros marrons.

— Comme c'est joli ! Qu'est-ce que c'est ? s'étonna-t-il en se plaçant au centre du cercle. Au même moment, un chant entraînant s'éleva, accompagné de la syncope d'un tambour. Ce rythme lui donnait des fourmis dans les jambes. Il avait brusquement envie de danser. Il remua un pied, puis un autre, se mit à sourire béatement, mais Arthur intervint :

— Sors tout de suite de là, gros nigaud ! Si tu esquisses un seul pas de danse, les korrigans vont venir te prendre la main et tu ne pourras plus arrêter tes jambes jusqu'à ce que mort s'ensuive. Alix entendit ce qu'Arthur venait de lui dire. Mais il n'avait aucune envie de sortir du cercle de pierre et encore moins de cesser de danser. Arthur fut obligé de lui donner un violent coup de patte, afin de l'éjecter du cercle.

— Aïe !

— De rien. Tu me remercieras plus tard...

Non loin de là, dans la forêt, la voix qui venait de chanter se plaignit :

— Par Merlin et tous les elfes ! Quel est donc cet ours mal léché ?

Une autre voix lui répondit:

— Crétin ! C'est le même ours que tu as aidé il y a trois jours de cela !

— Crétin moi-même !

— Non, toi-même !

— Toi-même !

Ils continuèrent ainsi à s'invectiver. Arthur fit remarquer à Alix :

— Tu vois, ceux qui un jour te veulent du bien peuvent très bien te vouloir du mal le lendemain...

— Je sais, il nous faut rester sur nos gardes. En tout cas, merci pour ce coup de main, ou devrais-je dire de patte ?

— Pas de quoi compagnon.

Et ils reprirent leur route à travers les chênes et

les hêtres, l’un à cheval, l’autre à pattes. Tout en cheminant, ils réfléchirent au moyen de gagner quelques sous en ville...

Quand ils furent aux abords de la cité, Alix trouva plus judicieux d’ôter son armure étincelante. Comme il n’avait pas emporté de change, il emprunta des vêtements qui séchaient devant une maison, à savoir une longue chemise qui lui collait aux hanches avant de s’évaser un peu à partir des hanches et un surcot par-dessus. Il alla se cacher derrière un arbre pour les enfiler et, tout en camouflant son armure sous un gros tas de feuilles, il se promit de venir les rendre à leur retour.

Enfin, il se montra à Arthur.

— C’est ça ton costume de montreur d’ours ? lui demanda ce dernier l’air dubitatif.

— Ben oui.

— Hum... Je sais pas... Comment dire ?

— Quoi ?

— Il manque un peu de virilité.

— ...

— Tu sais jongler au moins ?

— Non.

— Génial.

— De toutes façons, ils n'auront d'yeux que pour toi, s'agaça Alix en lui passant une corde autour du cou.

— Aïe ! Tu me fais mal. Pas la peine de te venger pour si peu...

8

un spectacle au poil !

Lorsqu'un ours tenu en laisse et un jongleur de rues passèrent la porte fortifiée, tous les dévisagèrent, mais personne ne les stoppa. L'animation, quelle qu'elle fut, était toujours la bienvenue en ville.

A peine entrés, ils se retrouvèrent plongés au sein d'une intense activité.

— Eh toi ! Le grand costaud ! Tu veux que je te rase la barbe ? Rien qu'avec ta tonte, je vivrai pendant un mois ! plaisanta un barbier en s'adressant à Arthur. Ce dernier faillit répondre du tac au tac, mais se retint juste à temps. Ici, personne n'était censé savoir qu'un ours peut parler.

— Vous allez nous faire un spectacle ? C'est quand ? demanda une fille qui vendait du pain dans un panier tressé. Au passage, elle lança une œillade à Alix qui en disait long.

— On dirait que tu lui plais bien ! lui souffla discrètement Arthur.

Mais Alix ne releva pas. Progressant dans les ruelles sinueuses et puantes de la cité, il se mit en quête d'un endroit propice pour exécuter leur numéro improvisé. C'était la seule idée qu'ils avaient trouvé pour gagner de l'argent. Au final, ils choisirent de s'installer sur la place du marché, tout près des étuves. Arthur commença à rouler des mécaniques et à grogner bruyamment et, très vite, une foule bigarrée se réunit autour d'eux. Alix tenta de jongler avec trois pommes qui pourrissaient par terre, mais ne réussit qu'à les recevoir compotées sur la figure, ce qui eut pour effet de faire rire l'assemblée. Il recommença avec un trio d'oignons en décomposition mais les gens se lassèrent.

— Il est nul ce jongleur ! À l'ours ! À l'ours ! crièrent-ils, impatients de voir la bête exécuter quelques tours.

Mais l'ours ne bougeait pas... Il contemplait la foule d'un air perdu.

— Alors ? siffla Alix entre ses dents.

— Qu'est-ce qu'il fait ton ours ? Il n'a donc pas de cervelle ? cracha une femme sans âge, à la bouche édentée.

— Bon moi je m'en vais, j'ai autre chose à faire, dit un homme confortablement assis dans une chaise à porteurs.

— Arthur ! tenta encore Alix en lui donnant un coup de coude dans les côtes.

L'ours grogna et sortit enfin de sa léthargie. Il se dressa sur ses pattes arrière et, plaçant ses pattes avant en cercle au-dessus de sa tête, il commença à danser. Sa danse, aérienne et joliment exécutée pour un plantigrade de son espèce, captiva aussitôt l'assemblée. Alix, d'abord étonné par sa prestation, dut bientôt se retenir de pouffer de rire. Mais les pièces commencèrent à tomber dans leur escarcelle...

— C'est aussi ta grand-mère qui t'a appris à danser ? le taquina Alix, alors qu'ils marchaient dans une ruelle un peu trop sombre.

— Tu as beau te moquer, après seulement trois passages, nous avons déjà suffisamment d'argent pour acheter tout ce que l'ermite nous a demandé.

— Oui, excuse-moi. En plus, c'est vraiment grâce à toi, admit Alix en soupesant la bourse. Le ventre d'Arthur gargouilla bruyamment.

— J'irai bien prendre des nouvelles de ma grand-mère et manger un morceau au passage, je suis vanné !

— Tu ne crois pas qu'elle aura un choc en te voyant ?

L'ours parut dépité.

— Oui, tu as raison, il m'arrive d'oublier quelle tête j'ai en ce moment ! J'espère que ça ne durera pas tout le reste de ma vie...

— C'est à ça que tu pensais quand tu ne bougeais plus tout à l'heure ?

Mais Arthur n'eut pas le loisir de lui répondre, car trois types à la mine patibulaire surgirent brusquement de l'ombre. Vêtus de guenilles, sales, laids et puants, ils les menacèrent aussitôt de leurs dagues et de leurs massues.

— Vous avez parlé d'argent mes bonnes gens ? Ne savez-vous donc point qu'il est des mots à ne pas prononcer à la nuit tombée ? fit le plus vieux des trois en se frottant les mains comme quelqu'un qui s'apprête à passer à table.

— Allez le gringalet, donne-nous ta bourse !

lui dit le second en tendant une paume plus noire que la suie.
Arthur semblait de nouveau tétanisé. Il se tenait sur ses quatre pattes, avec la corde toujours enroulée autour de son cou. Il semblait docile.

— N’oublie pas que tu es un ours, lui souffla Alix.

— Eh l’autre ! Il est complètement fêlé ! Il parle à son ours ! ricana le troisième en exhibant l’intérieur d’une bouche affreusement édentée.

— Arthur, le roi des animaux ça te dit quelque chose ? insista Alix sans se préoccuper de ce que le méchant homme disait.

— Arrête tes jacasseries de simplet et fais plutôt passer la monnaie ! s’agaça le vieux.
L’ours s’ébroua.

— Oui, c’est ça... l’encouragea Alix.
Une ombre passa sur le visage du plus vieux, celui qui donnait des ordres.

— Qu’est-ce t’attends coquebert* ? Donne-lui donc un bon coup sur le crâne avant qu’il ne se réveille !

Le plus jeune leva sa massue au-dessus de sa tête mais n’eut pas même le temps de réaliser ce qui lui arrivait. De lourdes pattes fendirent l’air et dix griffes acérées, comme autant de fins poignards, l’atteignirent à la cuisse, entaillant profondément sa chair. Du sang gicla sur ses guenilles, il hurla avant de détaler à cloche-pied. Quant aux deux autres, effrayés par la gueule immense du monstre qui s’était mis à rugir, ils ne demandèrent pas non plus leur reste...

Les trois bandits furent rapidement loin. Mais Arthur n’en sortit pas pour autant de son état animal. Il grondait si fort, qu’Alix eut le réflexe de se recroqueviller sur lui-même.

— Tout doux mon ami ! Tout doux, c’est moi...

— Tu as peur toi aussi hein ? Il faut dire que je

dégage une telle puissance !

Il rugit une nouvelle fois, par pur plaisir.

— Tu faisais exprès pour me faire peur ?

L’ours esquissa ce qui ressemblait à une sorte de sourire.

* Coquebert : nigaud (insulte du moyen-âge)

9

L'histoire de l'enchanteresse

Après avoir fait leurs emplettes, ils prirent le chemin du retour. Mais à la porte de la ville, le garde les stoppa net.

— Les montreurs d'ours se font de plus en plus rares, regrettait-il. Et puis le vôtre est vraiment beau...

— N'est-ce pas ! répondit Alix en faisant un clin d'œil à Arthur.

— Malheureusement, je n'ai pas eu le temps de venir voir votre spectacle. Quand reviendrez-vous ?

— Ah ça ! Nous verrons bien où nous mène notre chemin...

— Eh bien alors, bonne route et à la revoyure ! leur souhaita-t-il avec un large sourire.
Ils s’éloignèrent des remparts, l’un perché sur son cheval efflanqué, l’autre marchant debout comme un homme, sans en être vraiment un...

— Il faut que j’aille récupérer mon armure maintenant.

— Et que tu rendes ces vêtements qui te siéent si bien, se moqua Arthur.
Cela fut ainsi fait. Puis, l’un couvert de son armure de poil, l’autre de son pelage de fer, ils s’enfoncèrent de nouveau dans la forêt...

Sous sa nouvelle apparence, Arthur avait le sentiment de ne plus craindre grand-chose. Il marchait donc en éclaireur et se chargeait d’écarter les branchages pour leur faciliter le passage. De temps en temps, inconscient de sa force, il les arrachait carrément en s’excusant à chaque fois poliment.

— Pardon petit bouleau, pardon joli chêne vert...

Alix le regardait faire, à la fois impressionné et amusé. Cela le divertissait un peu du poids de son armure qui semblait chaque jour peser davantage.

— Tu as de la chance d'avoir du sang noble, lui dit soudain Arthur.

— Noble ? Moi ? Qu'est-ce qui te fait croire ça ?

— Et bien seuls les nobles peuvent devenir pages, puis écuyers et enfin chevaliers.

— C'est ce qui arrive la plupart du temps oui. Mais pour moi, c'est différent. J'ai simplement eu de la chance. Un ami a réussi à me faire entrer au château...

— Alors c'est un très bon ami !

— Tu ne peux même pas imaginer à quel point, répondit Alix, rêveur.

— Comment s'appelle-t-il ?

— Guillaume.

— Je parie que cette armure est à lui !

Alix parut surpris, puis mal à l'aise.

— Tout doux ! C'est toi-même qui m'as dit que tu l'avais «empruntée»...

— Je la lui rendrai bientôt, promit Alix à voix haute.

— Alors, tu n'es pas noble ?

— Non. Si je suis là, c'est parce que j'ai moi aussi besoin de la récompense.

— J'aurais cru pourtant, tu as les traits si fins et...

— Eh non ! En outre, je n'ai plus de famille. Je ne peux donc compter que sur moi-même.

— Et sur Guillaume, ton ami !

— Hélas, plus maintenant...

— Ah ?

Devant l'air triste d'Alix, Arthur n'insista pas davantage. Ensuite, ils gardèrent le silence jusqu'à être rendus jusqu'à la grotte de la vieille. Bizarrement, les korrigans ne les avaient pas embêtés sur la route. En revanche, les fées, curieuses de ce qu'ils ramenaient, les entourèrent aussitôt. Elles se nichèrent dans les oreilles d'Arthur, se faufilèrent sous l'armure d'Alix et fouillèrent tout ce qui pouvait l'être. Ils n'arrivaient plus à s'en dépêtrer jusqu'à ce que l'ermite sorte de son antre et les chasse d'un simple revers de la main. L'étrange femme s'était entièrement recouverte de mousse, on ne voyait plus que sa face ronde et fripée comme une vieille pomme.

— Avez-vous trouvé ce que je vous ai demandé ? leur demanda-t-elle en se frottant les mains.

— Oui madame, répondit Arthur en lui tendant le panier rempli d'emplettes.

La vieille fourra son nez dedans avec la gourmandise d'une enfant devant une poignée de friandises.

— Voyons voir... la pommade, le miel et la maniguette. Bien, vous ne vous êtes pas trop mal débrouillés pour des jeunots.

— Comment ça «pas trop mal» ? Il y a là tout ce que vous nous avez demandé !

L'ermite ne répondit pas. Elle semblait réfléchir. Profitant de ce répit, les fées foncèrent sur le pot de miel et se concentrèrent sur son ouverture, sans résultat. Elles piaillaient, sifflaient, et certaines d'entre elles se bagarraient même sans qu'on comprit bien pourquoi. La vieille, semblant revenir à elle, les chassa de nouveau, puis se mit à leur lancer de la mousse dessus. Les fées n'avaient pas l'air d'aimer ça.

— Comme ça au moins, vous me ficherez un peu la paix !

— Pourquoi n'aiment-elles pas cette mousse ?

demanda Alix, curieux.

— Parce que je l'ai prise sur l'arbre maléfique tiens !

— L'arbre maléfique ?

— Vous êtes bien ignorants tous les deux ! Vous ne savez pas que sa mousse repousse les créatures magiques ?

— Euh... non, répondirent-ils en chœur.

L'ermite leva les yeux au ciel d'un air excédé. Puis, du ton qu'on prend pour réciter une poésie ennuyeuse, elle leur dit :

— La mousse de l'arbre maléfique annule leurs pouvoirs et les engourdit. On peut l'utiliser contre toutes les créatures magiques : korrigans, fées, lutins, géants et tout ce que vous voulez...

— Géants ? répéta Alix.

Une fois qu'elle eut montré qu'elle savait se faire respecter, l'ermite tendit une bonne cuillérée de miel à ses créatures ailées. Cuillérée qui disparut en à peine quelques secondes.

— Vous savez les enfants, si elles le voulaient, elles pourraient faire la même chose avec vous. Mais vous avez de la chance, ce sont de bonnes filles...

— Vous voulez dire qu'elles pourraient nous manger ? demanda Arthur.

Devant leurs mines inquiètes, l'ermite ricana brièvement. Mais elle changea de sujet.

— Vous avez honoré votre part de marché. Maintenant, je vais vous raconter l'histoire de l'enchanteresse.

Elle leur désigna deux grosses pierres. Ils s'y installèrent docilement. La vieille avala à son tour une petite cuillérée de miel en fermant les yeux de gourmandise, elle toussa pour s'éclaircir la gorge, puis elle commença ainsi :

— Au départ, l'enchanteresse de Brocéliande était une femme tout à fait ordinaire, mais d'une grande beauté, qui lui venait paraît-il de son père...

Elle grimaça atrocement avant de reprendre son récit.

— Bref ! Elle eut la chance d'apprendre la magie auprès de la fée Viviane, mais fut finalement expulsée pour indiscipline. En punition, Viviane l'affligea d'une tare terrible : lorsqu'elle ressent de vilaines choses en son cœur, elle devient laide, d'une laideur à faire peur. Et c'est cela qui causa son malheur...

— Pour quelle raison ?

— J'y viens ! J'y viens ! Un seigneur, venu chasser le cerf dans les environs, la rencontra à la fontaine. La voyant si belle, il s'éprit immédiatement d'elle et lui promit vite de l'épouser. Mais un jour où il revenait un peu tard de la chasse, elle lui fit une crise de jalousie si forte qu'elle en devint horriblement laide.

Effrayé, il la bannit sur le champ. Malheureuse, honteuse, elle vécut un temps recluse dans une grotte...

La vieille se tut un instant pour observer les alentours. Arthur et Alix étaient suspendus à ses lèvres, attendant la suite de l'histoire qui ne tarda pas à arriver :

— Lorsque, quelques années plus tard, les korrigans lui racontèrent que le seigneur s'était marié et avait une fille, sa fureur se réveilla...

En mettant leurs forces en commun, trois fées avaient finalement réussi à ouvrir le pot de miel. L'une d'entre elles y plongea carrément la tête mais l'ermite lui envoya une salve de mousse. Elles s'envolèrent de concert dans un bourdonnement rageur.

— Vous en aurez d'autre à la fête ! leur lança la vieille.

— La fête ? Quelle fête ? demanda Arthur.

— À Beltaine, quand les feux s'allumeront, tout ce qui aura été transformé ne pourra reprendre sa forme initiale.

— Quoi ? Et c'est quand cette fête ?

— Beltaine fête la fin de la saison sombre et le début de la saison claire. C'est pour très bientôt...

— Vous avez une date un peu plus précise ? insista Arthur.

Mais une autre question brûlait les lèvres d'Alix :

— Vous semblez bien connaître l'enchanteresse. A-t-elle vécu ici, avec vous, dans cette grotte?

— Qui sait mon enfant...

— Et qu'a-t-elle fait de la fille du seigneur ? s'enquit Arthur.

— Si l'on en croit les bruits de la forêt, elle l'aurait transformée en chouette.

— Et elle transforme en animal tous ceux qui tentent de la libérer, grogna Arthur.

L'ermite acquiesça avec un sourire de gamine farceuse avant d'ajouter :

— Ceux qui sont transformés ne s'en rendent pas compte jusqu'au jour où un humain leur adresse la parole. Ce jour-là, tout en restant sous une apparence animale, ils retrouvent leur conscience et sont capables de se remettre à parler, tout comme toi mon gros...

— Et comment peut-on délivrer la fille du seigneur ? demanda Alix.

— Vous êtes bien mignons mes enfants, mais je n'ai jamais prétendu posséder de baguette magique...

10

un coup en douce qui coûte cher

— Bon, nous voilà bien avancés ! Je me demande si je n'ai pas joué à l'ours savant pour rien ! grogna Arthur en faisant rageusement ses griffes contre un tronc d'arbre. De longues entailles apparurent sur l'écorce, si profondes qu'elles faisaient suinter la sève.

— Je ne suis pas d'accord avec toi. Maintenant au moins, nous savons que la fille du seigneur a été transformée en chouette...

— ... et que l'enchanteresse la garde tout près d'elle.

— Comment sais-tu cela ? demanda Alix en ôtant son heaume qui lui tenait trop chaud. Il gémit en se massant le cou.

— Arfff, satanée armure ! Je me demande comment faisaient les croisés* pour porter ces carcasses de ferraille sous un soleil de plomb...

— Je l'ai vue, juste avant qu'elle ne me transforme, une chouette se tenait sur son épaule...

Arthur se retourna pour se frotter le dos contre l'écorce. Puis, il se mit à rire :

— Pour ma part, je suis déjà transformé en animal, elle ne peut plus grand-chose contre moi ! Il ne me reste plus qu'à retourner là-bas et à trouver un accord avec elle.

— Quel accord ?

— Je ne sais pas, je trouverai bien quelque chose...

— Mais elle pourrait bien t'enlever de nouveau ton esprit d'homme !

— Je veux bien prendre le risque. J'en ai

plus qu'assez de cette enveloppe poilue ! J'ai l'impression d'abriter des centaines de bestioles, ça me démange de partout !

— Tu ne peux pas partir seul. Il nous faut trouver un véritable plan.

Arthur stoppa net ses déhanchements.

— Mais dis donc, on dirait bien que tu t'inquiètes pour moi !

Alix renfila son heaume pour cacher la brusque rougeur de ses joues et lâcha sur un ton viril.

— Nous formons une équipe maintenant !

— Ça c'est sûr...

Comme pour clore leur conversation, une chouette hulotte poussa un cri tout près d'eux. Tout à leur réflexion, ils ne s'étaient pas rendu compte que les ombres des grands arbres tombaient sur eux. Entre les feuillages, le ciel se tapissait de noir et les chuchotements s'étaient tus.

Epuisé, Alix se recroquevilla dans sa coque de métal et prit ainsi congé. Arthur s'assit contre le gros chêne qu'il venait de scarifier, et regarda le ciel bleu-noir, par une trouée entre les feuilles. Bientôt, il repéra l'étoile la plus brillante de la nuit, l'étoile du soir, son étoile, telle qu'il l'avait décrété depuis l'enfance, depuis la mort de ses parents. Bizarrement, il se sentait bien. Ni fatigué, ni angoissé par la nuit à venir. Après tout, en tant qu'ours, il était plutôt noctambule ! Les sens à l'affût, il entendait les déplacements des rongeurs et pouvait sentir les odeurs de chaque animal se déplaçant autour de lui. Pour la première fois de sa vie, il avait l'impression d'être quasiment invincible. Poussé par son instinct, il se leva, jeta un dernier coup d'œil à sa bonne étoile et, à pas d'ours, s'enfonça seul dans le cœur de la forêt de Brocéliande...

11

Bête comme chouette !

A l'aube, Alix se réveilla en sursaut. Une idée avait germé en lui pendant son sommeil.

— Je sais ! Il faut aller chercher la mousse de l'arbre maléfique et en jeter sur l'enchanteresse pour l'affaiblir ! Pendant le laps de temps durant lequel elle perdra son pouvoir, nous pourrons libérer la prin...

Il suspendit sa phrase en constatant qu'il était seul.

— Bah, cet ours a tout le temps faim ! Il a encore dû partir cueillir des baies.

Il se leva, s'étira comme il put, fit grincer les articulations de son armure et appela Arthur plusieurs fois. En vain. Du temps passa sans qu’il ne réapparaisse et Alix finit par comprendre.

— Ce crétin ne m’a donc pas écouté ! Et à l’heure qu’il est, Dieu seul sait ce qui a bien pu lui arriver !

Il caressa l’encolure de son cheval.

— Qu’est-ce qu’on fait Brindille ? On l’abandonne à son sort pour le punir ?

La jument continua à brouter l’herbe tendre qui poussait au pied d’un groupe de chênes verts. Alix poursuivit son monologue :

— Moi je dis qu’on ne va pas rebrousser chemin maintenant ! On y va aussi !

Cette fois, le canasson fit trois pas en arrière.

— Tu comprends seulement quand tu veux toi ! Mais dommage, ce n’est pas toi qui décides...

Le jeune garçon se hissa sur le dos de sa monture et ils reprirent ensemble le chemin des korrigans. Ils ne devaient pas être très loin car ils retrouvèrent très vite l'endroit où l'enchanteresse avait élu domicile. Devant lui, la masse imposante d'une tour crénelée obscurcissait le ciel. Mais le plus étonnant se trouvait à la base de la construction : en guise de fondations, elle possédait de gigantesques racines, sortes de mangroves aux allures de grandes pattes, qui... bougeaient ! Alix en resta bouche bée avant d'exploser :

— Ok, d'accord ! Je capitule ! J'avais tort, les enchantements, les fées, les korrigans et les maisons vivantes existent !

En l'entendant s'énerver, Brindille se mit à ruer et à hennir bruyamment.

— Chut ! Tais-toi ! Ce n'est pas le moment de nous faire remarquer...

Par précaution, il l'attacha à un tronc d'arbre suffisamment éloigné pour que personne ne l'entendit piaffer, puis s'approcha silencieusement de la clairière ensoleillée.

Nulle trace d'Arthur, mais *Elle* était là.

Allongée sur un drap pourpre tiré entre deux arbres, l'enchanteresse se reposait. Alix avait rarement vu des traits aussi harmonieux. Sa bouche était d'un rose vif et sa peau extrêmement claire. Elle avait de longs cheveux blonds et soyeux, qu'elle avait tressés et relevés en rouleaux, de part et d'autre de son visage. Des branches noueuses sortaient de sa coiffure, formant une couronne sylvestre qui lui allait à ravir. Sur elle, flottait un air adorable. Alix ne s'étonnait guère que le seigneur ou quiconque ait pu en tomber follement amoureux. Pour un peu, il se serait approché d'elle et lui aurait doucement secoué l'épaule pour la réveiller et lui demander poliment de libérer la princesse. Mais il avait encore en tête ce qu'avait dit l'ermite. Cette femme si belle avait en son cœur de noirs desseins et, en un instant, elle pouvait brusquement se changer en monstre...

S'arrachant à sa fascination, il remarqua qu'une chouette blanche était posée sur l'épaule de l'enchanteresse. Les yeux ouverts sur les alentours, on aurait dit un guetteur. Il réalisa, un peu tard, que son armure risquait de briller au soleil et de renvoyer un reflet qui le ferait repérer... Et, au moment où les petits yeux perçants de l'oiseau allaient se poser sur lui, il eut à peine le temps de s'enfoncer davantage dans l'ombre des frondaisons. Sous son armure, il sentit des gouttes de sueur glisser le long de sa colonne vertébrale. Alix décida de rester un temps dans l'ombre à observer le rapace. Après un moment, il eut l'impression que rien, dans ses petits mouvements de la tête et des yeux, n'indiquait que cette chouette ait retrouvé sa conscience humaine...

Quelques minutes plus tard, le jeune garçon en armure s'était hissé dans un arbre. Assis en équilibre sur une branche, il tenait un mulot, accroché par la queue au bout d'une canne à pêche improvisée. Caché par les feuillages, il tentait de balancer le rongeur au plus près de la chouette. Ce stratagème, vieux comme le monde, ne tarda pas à fonctionner : dès que les yeux de l'oiseau se posèrent sur sa proie, ils ne la lâchèrent plus. Il s'envola aussitôt et fondit sur la minuscule créature. Ses serres projetées en avant, elle ne fut pas longue à emprisonner sa proie et, de ce fait, se retrouva tout près d'Alix. Ce dernier décida de tenter le tout pour le tout.

— Bonjour princesse, pouvez-vous me comprendre ?

— Fort bien.

Il fut étonné d'une réponse aussi prompte.

— Je suis rassuré de constater que vous n'avez pas perdu votre humanité, car je suis venu ici pour vous sauver. Partons vite avant que l'enchanteresse ne se réveille !

Les serres toujours refermées sur le mulot, la chouette ne bougeait pas.

— Je ne veux point partir, lui dit-elle simplement.

— Hein ? Comment ça ?

— Je suis bien mieux ici, dans la forêt, qu'auprès de mes parents. Avec eux, je dois toujours baisser les yeux, ne pas hausser le ton, faire preuve de modestie et de sagesse. Je dois me vêtir en fonction des modes et des évènements de la vie. Tout ceci me fatigue et ne me procure aucune joie. Alors qu'ici je peux voler, crier, chasser, je vis dans la nature et je me sens totalement libre !

— Mais enfin princesse, je vous rappelle que vous êtes la prisonnière de l'enchanteresse ! Si vous restez ici vous serez pour toujours au service de cette terrible femme et...

— Ne vous fatiguez point chevalier, j'ai déjà

maintes fois réfléchi à tout cela. Et si vous continuez à m'ennuyer, je m'en vais réveiller ma maîtresse et elle vous transformera en animal ! Vous perdrez toute conscience de votre humaine nature et, comme l'ours qui a troublé son sommeil cette nuit, vous n'aurez plus qu'à vous enfoncer dans la forêt pour y vivre une existence de bête !

— Arthur ! laissa échapper Alix en perdant l'équilibre. Il parvint à se retenir in extremis à une branche mais son épée glissa et tomba sur une vieille souche avec un bruit sourd.

L'enchanteresse râla et bougea dans son sommeil. Le jeune garçon retint son souffle, se laissa glisser sans bruit au pied de l'arbre, récupéra son arme et s'enfuit à toute jambe. Dans sa panique, il se trompa de chemin et rata de peu l'endroit où il avait accroché son cheval...

12

Guillaume

Lorsqu'Alix retrouva enfin sa monture, il n'eut pas même le temps de se hisser dessus. Un chevalier en armure lui fit face, menaçant.
Le visage masqué par un magnifique heaume, il posa la pointe de son épée sur son cou, à la jointure entre son casque et sa spalière*.

— Voleur ! Bandit ! Je vais te pourfendre !

— Je connais cette voix...

— Bien sûr que tu la connais ! C'est moi qui croyais te connaître et ne te connaissais point !

— Guillaume ?

Il ôta sa visière afin de lui montrer son visage.
Le cœur d'Alix battait dans sa poitrine tant il était

heureux de retrouver son ami, mais Guillaume fronçait les sourcils.

— Mon père est furieux ! Cette armure lui a coûté très cher ! Qu'est-ce qui t'a pris de me voler ?

— Je devais partir. Et j'avais aussi besoin de l'argent de la récompense.

— Avec mon armure ? Je te rappelle que je suis chevalier et pas toi ! C'était ma mission !

— N'y va pas, Guillaume, l'enchanteresse transforme en bêtes tous ceux qui l'approchent...

— Alors pourquoi tu es toujours humain ? Tu ne l'as donc pas encore approchée ?

— J'ai essayé mais...

— Mon pauvre Alix, qu'as-tu cru pouvoir faire seul ?

— Laisse-moi un peu de temps pour t'expliquer.

— Tu m'expliqueras mieux sans mon armure sur le dos.

— Mais... je vais avoir froid...

— Allons ! Il fait si chaud que tu pourrais aller nu sans craindre un rhume !

— Je voudrais seulement...

Guillaume semblait fou de rage, il replaça son épée sur le cou de celui qui avait été son meilleur ami. Il n'avait vraiment pas l'air de plaisanter.

— Veux-tu me rendre mon armure maintenant ou faudra-t-il que je me fâche ?

Alix commença par planter son épée dans le sol, puis il ôta lentement son heaume et le posa à terre. Ensuite, il se délesta de son harnois** qu'il déposa devant son propriétaire.

— Enlève aussi mon gambison***, tu n'as pas mérité de le garder !

— Mais je n'ai qu'une mince chemise en dessous...

— Et alors ? Je te l'ai déjà dit : le temps n'est pas au froid...

Alix ne bougeait pas.

— Allez !

— Tu ne vas pas me laisser combattre nu ?

— Tu ne combattras pas. Ta place n'est pas ici. Je m'occupe de l'enchanteresse, et toi, tu retournes au château.

— Mais c'est ridicule, à deux nous serons plus forts !

— Arrête de gagner du temps. Obéis maintenant !

Guillaume appuya la pointe de la lame plus fortement sur le cou de son ami. Les yeux baissés, Alix obtempéra. Il enleva son gambison et se retrouva en simple chemise. Le mince tissu laissait deviner des attributs peu virils...

Guillaume n'en revenait pas. Il resta un long moment coi avant de lâcher ces mots :

— Mais... qu'est-ce que c'est ? Non, ce n'est pas possible !

— C'est pour ça que je devais partir Guillaume.

— Tu... tu es une... une... une...

Il n'arrivait pas à le dire. Alix, la bouche sèche, l'aida à terminer sa phrase :

— Fille.

Etonnement, colère, dégoût, déception, toutes ces émotions passèrent tour à tour sur le visage de son aîné. Les joues d'Alix lui brûlaient tant il, ou plutôt elle, avait honte.

— Je croyais que nous étions amis, que nous nous disions tout ! Je te connais depuis cinq ans et j'apprends seulement aujourd'hui que tu es une damoiselle ! Tu m'as menti tout ce temps ?

— Je suis vraiment désolée, mais je ne pouvais pas te le dire. Quand tu m'as rencontrée, je jouais tout le temps avec les garçons du village. Et ce jour-là, je m'étais coupé les cheveux pour me débarrasser d'une invasion de poux...

Guillaume secoua la tête. Il avait les larmes aux

yeux, mais c'était des larmes de colère.

— Je comprends tout maintenant : tu m'as trompé pour pouvoir entrer au château et devenir écuyer grâce à moi !

— Mais non, ce n'est pas du tout ça ! Quand tu as voulu devenir mon ami, j'étais tellement heureuse que je n'ai pas osé te dire que j'étais une fille. J'ai simplement eu peur que tu changes d'avis et que tu me rejettes !

— Tu étais mon meilleur ami, je te faisais confiance.

Le visage de Guillaume se referma complètement. Il ramassa son armure, l'attacha solidement au harnachement de son cheval avant de se hisser en selle et de tourner les talons. Sans ajouter un mot, il s'engagea rapidement dans les fourrés, laissant Alix derrière lui, en tenue légère.

— Attends Guillaume ! Ne va pas par-là !

* Spalière : protection de l'épaule

** Harnois : Armure complète

*** Gambison : Pourpoint rembourré se portant sous l'armure

13

Rencontres et transformations

C'était la première fois que Guillaume s'enfonçait aussi loin dans la forêt, et il sentait que l'heure ne lui était pas des plus propices. La nuit, chaude et étouffante, tombait sur lui aussi lourdement qu'un immense châle noir. Des chuchotements couraient tout autour. Ils s'approchaient, reculaient, frôlaient ses oreilles et cherchaient à l'inquiéter. Pour les faire cesser, il fendait régulièrement l'air de son épée. En vain.

Il avait le sentiment d'être cerné par des fantômes. Il pensa un instant faire halte jusqu'au matin mais la colère qu'il ressentait toujours contre Alix le poussait en avant. En outre, il venait tout juste d'être adoubé et de jurer de se battre pour son seigneur jusqu'à la mort.

Quand la nuit eut tout recouvert, il se sentit un instant dans le corps d'un aveugle. Il laissa un temps son cheval aller au pas et le mener avec son instinct de bête.

Puis, la lune se leva. Presque ronde, elle arrosait d'une lumière laiteuse les arbres alentour. Les chuchotements étaient toujours là. Parfois, il comprenait quelque chose comme :

— Fais demi-tour, pauvre fou !

Et l'instant d'après il entendait une phrase contraire :

— Oui, c'est par là, continue !!!

C'était à n'y rien comprendre, mais il ne voyait jamais personne. Aucune créature, petite ou grande n'était visible... Bientôt, il se rendit compte qu'il transpirait sous son armure. Il avait si chaud qu'il avait envie de l'arracher et de trouver un étang ou refroidir son corps. Et plus il avançait, plus la chaleur s'intensifiait... Il se demanda si un orage n'était pas sur le point d'éclater. Déjà, une bourrasque s'élevait et une tornade de feuilles tournoyait autour de lui...

Alix était certes à moitié nue mais pas tout à fait désarmée. Il lui restait son épée et son courage. Dès que Guillaume avait tourné les talons, elle était tout de suite montée sur Brindille pour le suivre, mais avait failli perdre sa trace plusieurs fois. Elle ne l'avait pas lâché, jusqu'au moment où sa silhouette avait été avalée par une soudaine bourrasque de feuilles. Elle l'avait vu s'y avancer, droit comme un « i » sur son destrier, et comme hypnotisé par la scène qui se déroulait sous ses yeux. Puis, elle l'avait vue, *Elle* : l'enchanteresse se tenait au centre de la clairière, magnifiquement vêtue. Elle fixait le jeune chevalier d'un air de convoitise. Autour d'elle, se tenaient calmement une bonne dizaine d'animaux. Et parmi eux, Alix pensa reconnaitre Arthur. Mais était-ce bien lui ? Il avait désormais l'air si... animal ! Dans ses yeux, elle ne voyait plus le jeune garçon qu'elle connaissait, mais seulement une bête. Elle frissonna.

Alors, son corps tout entier reçut une sorte de déflagration qui la força à se cramponner à la crinière de sa monture.

— Treuzfurmiñ loen bleiz* !

Tels étaient les mots étranges que venait de prononcer l'enchanteresse. L'instant d'après, elle put voir Guillaume projeté dans les airs comme une toupie. Bientôt, les plaques de son armure se désolidarisèrent les unes des autres et furent projetées à la ronde dans un fracas métallique. Il flottait près de la cime des arbres, dans un tourbillon de feuilles rousses, en simple chemise.

Alix était tétanisée. Elle ne savait pas quoi faire. D'ailleurs, y avait-il une option quelconque ? À ce moment-là, l'inimaginable se déroula sous ses yeux. L'enchanteresse prononça plusieurs fois encore son étrange phrase et le cou de Guillaume se mit à gonfler et craquer. Puis sa bouche s'allongea en un long museau, tandis que ses membres devenaient plus courts et noueux. Ses doigts s'élargirent, percés par des griffes argentées. Sa peau se couvrit de poils gris et ses yeux devinrent deux points brillants. Il retomba bientôt sur le sol avec la souplesse de sa nouvelle condition : il était loup !

La bouche ouverte, le souffle coupé, incapable du moindre geste, Alix vit ensuite l'enchanteresse lever le doigt vers le ciel. Alors, celui qu'elle venait tout juste de transformer en loup s'allongea docilement à ses pieds. Un sourire arqua ses lèvres roses et elle se mit à lui caresser doucement le col. Puis, elle s'adressa solennellement à l'assemblée de bêtes :

— Une fois que la pleine lune sera à son apogée, vous ne pourrez plus jamais retrouver la parole.

Tandis qu'Alix levait les yeux au ciel et constatait que la lune gibbeuse serait pleine dans un jour, au maximum deux, un rictus terrible anima le visage de la sorcière. Puis, elle laissa éclater un rire diabolique, avant d'ajouter mystérieusement :

— J'ai la moitié de sa garnison, il me manque encore l'autre...

* Du breton, qui pourrait être traduit par :
« Transformation bête loup »

14

Une dernière chance ?

Alix recula lentement dans les fourrés jusqu'à aller se tapir dans les coins les plus sombres de la forêt. En cet instant, elle aurait voulu disparaître, ne laisser aucune trace, oublier ce qu'elle venait de voir et s'enfuir vers une autre région ou, mieux encore, un autre pays sans demander son reste. Mais ses amis étaient pris au piège et ils n'avaient plus qu'elle...

Quand elle se fut suffisamment éloignée de la clairière maudite, elle enlaça le col de Brindille. Elle avait besoin de sentir la vie, la chaleur d'un corps.

— Que puis-je faire ? Que puis-je faire ? Se

répétait-elle, la tête vide. Elle se sentait perdue. Autour d'elle, la forêt était silencieuse, comme morte. Elle se hissa péniblement sur sa monture et coucha sa tête sur son encolure. Elle se sentait tellement fatiguée...

Très vite, elle s'endormit.

Combien de temps ? Difficile de le dire. Mais pendant tout ce temps, Brindille la mena...

Au matin, Alix fut réveillée par de minuscules mains qui lui pinçaient les joues et tiraient sur ses cils pour lui ouvrir les paupières. Surprise, elle faillit tomber de sa monture, se rattrapa de justesse et pesta contre les fées qui riaient aux éclats.

— Fichez-moi la paix, petites pestes ! Je ne suis pas d'humeur !

— Et moi ? Suis-je d'humeur à recevoir une nouvelle fois ta visite, fillette ?

Revêtue d'une peau de bête nauséabonde, l'ermite se tenait difficilement debout devant elle, grâce à l'appui de son bâton sculpté.

— La nuit a été agitée et je suis extrêmement fatiguée... Que viens-tu faire ici ?

— C'est Brindille qui m'a emmenée chez vous, commença Alix.

L'ermite jeta sur elle un regard perçant.

— Je ne peux rien pour toi fillette. L'enchanteresse est incontrôlable. J'ai bien essayé de la calmer une ou deux fois mais cela ne sert à rien...

La vieille femme cracha brusquement par terre, comme si elle voulait se débarrasser de sa mauvaise humeur.

— Pouvez-vous au moins me prêter un peu de la mousse de l'arbre maléfique ? osa demander Alix.

L'enchanteresse grimaça.

— La mousse a fané, mentit-elle.

— Il faut pourtant tenter quelque chose, ajouta

la jeune fille d'un ton désespéré, sans se rendre compte que l'ermite s'était rapprochée d'elle et lui tournait autour.

— Je vois que tu t'es dépouillée de ton armure scintillante. Parfait. Il te faut maintenant une nouvelle armure, lui conseilla-t-elle d'une voix plus douce. En revanche, l'odeur que dégageait sa cape était insoutenable. Alix se retint de se boucher le nez pour ne pas la vexer.

— Une autre armure ? Je n'en ai malheureusement pas.

— Celle que tu devras trouver te rendra invisible...

— Invisible ? Mais comment ? Où puis-je trouver une telle armure?

— Je suis fatiguée de répondre à tes questions. À toi de te débrouiller...

Ce furent ses derniers mots, l'ermite recula et disparut dans sa grotte.

15

ERRANCE

Alix traversa des marais illuminés par des feux follets et des clairières remplies de coquelicots, elle croisa plusieurs cercles de pierres qui l'invitèrent à danser, vit des terriers et des huttes de la taille de lutins, mais aucune trace de la moindre armure.

— Si cette armure est invisible, cela va être difficile de la trouver, finit-elle par se dire, alors que la tête lui tournait un peu.

Elle avala une poignée de myrtilles et croqua quelques carottes sauvages pour se redonner des forces. Mais elle avait l'impression de tourner en rond.

— Il me semble avoir déjà vu ce vieux chêne vert... Pas toi Brindille ?
La jument se contenta de s'ébrouer. Que pouvait-elle faire d'autre ? Alix savait que c'était peine perdue, mais elle avait besoin de parler avec quelqu'un. Alors, elle décida de faire comme si la jument la comprenait.
— As-tu confiance en l'ermite ? Moi j'ai l'impression qu'elle a l'air de bien connaitre l'enchanteresse... Et si c'était sa complice ? Si elle me faisait perdre mon temps ? Si elle m'éloignait de mes amis ?
Brindille s'arrêta brusquement, comme si quelque chose d'important venait de traverser sa cervelle d'équidé. Alix tendit l'oreille, attentive à ce qui se passait alentour. Mais l'animal plongea simplement sa gueule dans une touffe d'herbe fraiche, qu'elle fit craquer sous sa puissante mâchoire.

— Je me sens tellement désemparée ! Je n'ai plus d'armure, plus d'ami, je suis seule et en chemise...

— Mais non ! Il te reste ton épée et ton cheval, lui chuchota une petite voix depuis un fourré d'épineux.

— C'est bien gentil à toi korrigan, mais je ne sais pas si cela suffira contre une enchanteresse enragée et une armée d'animaux sauvages. Après tout, je ne suis qu'une fille...

— Et moi une korrigane ! Arrête donc de te lamenter ou je te change en sapin ! Et puis dépêche-toi un peu. La pleine lune, c'est pour ce soir !

La pleine lune ! Comment avait-elle pu l'oublier ?

— Arthur ! Guillaume ! Mes amis !

Alix eut soudain honte d'elle-même. Elle se sentait si faible. Faible comme une fille. Pffff...

Comment avait-elle pu croire qu'elle ferait aussi bien qu'un garçon ? Mais que faire maintenant ? Où chercher ? Faute d'avoir une idée de génie, elle poursuivit son chemin au hasard, la tête basse.

Un peu plus loin, son cheval buta sur quelque chose et s'immobilisa.

— Qu'est-ce que c'est ? se demanda-t-elle en penchant la tête.

Elle eut un mouvement de recul en voyant la dépouille d'un élan. Il devait être mort depuis quelques temps déjà, si elle en jugeait par ce qu'il restait de lui : sa peau et ses magnifiques bois.

— Nulle trace de flèche ou de lutte. Cet animal a dû mourir de vieillesse.

Par respect, elle salua la bête morte et passa son chemin. Mais un peu plus loin, elle stoppa sa monture, revint sur ses pas, ramassa la peau de la bête et l'accrocha à sa selle.

Alors que le soir venait trop vite, Alix retourna sur ses pas pour retrouver le campement de l'enchanteresse. Mais cette dernière et sa cohorte d'hommes transformés en bêtes avaient disparu. Coursant les dernières lueurs du jour, elle suivit tant bien que mal les traces que les sabots et les pattes avaient laissées çà et là. Et, à force d'obstination, celles-ci la conduisirent aux abords du château. Son château ! Là, elle ne tarda pas à les voir. De poils et de plumes, ils étaient tous là, devant les douves, docilement amassés autour de leur reine qui trônait au sommet de sa tour...
À ce moment-là, la pleine lune, jusqu'ici cachée par les collines, commença de s'élever dans le ciel. Bientôt, elle éclaira la scène et Alix put les compter. Ils étaient bien plus nombreux. Quand elle constata que les gardes du chemin de ronde n'étaient pas à leur poste, elle se demanda s'ils avaient eux aussi été transformés...

16

métamorphosée

Alix avançait à quatre pattes parmi les bêtes, recouverte par «sa cape invisible», la peau de l'élan qu'elle avait trouvée par terre. Elle transpirait là-dessous et, à ses gouttes de sueur, se mêlaient des frissons d'angoisse. Si par malheur l'enchanteresse la démasquait, elle pourrait bien se retrouver dans la peau d'un cervidé pour le reste de son existence...

Elle repéra rapidement l'ours qui, par sa haute stature, dépassait tous les autres. Alors qu'elle s'approchait de lui, elle constata que l'odeur mêlée de vie et de mort de son déguisement commençait à attirer les animaux. Un renard n’arrêtait pas de lui renifler les oreilles. Elle le repoussa plusieurs fois à l’aide de ses grands bois et il finit par s’écarter en émettant un grognement sourd. Mais d’autres bêtes venaient vers elle, tandis que la lune grimpait inexorablement dans le ciel.

Le temps était compté.

Lorsqu’enfin, elle fut devant l’ours, elle leva les yeux vers lui. Mais cet animal n’était plus son compagnon de route, et quand les prunelles sombres s’arrêtèrent sur elle, elle sut qu’il ne voyait qu’un sac de nourriture : de la peau, des muscles, de la chair. La jeune fille prit peur et recula d’un pas, marchant malencontreusement sur la patte du renard.

— Grrrrr ! grogna-t-il plus fort.

— Écoute-moi attentivement renard, je ne connais pas ton nom, mais je suis quasiment certaine que tu es un homme. Alors réveille-toi, j'ai besoin de toi pour la bataille...

— Quoi ? Quelle bataille ? lui demanda le renard. Je ne suis pas un guerrier, je suis Sylvain, le pauvre meunier dont le moulin a été détruit. J'ai voulu tenter ma chance. Avec l'argent de la récompense, j'aurais pu reconstruire mon outil de travail et refaire la farine que je vends sur le marché...

— Ne te lamente pas mon ami, tu perds ton temps et ta salive alors qu'il y a tellement plus urgent à faire ! le secoua Alix.

Mais un claquement de mâchoire la fit sursauter. Elle se retourna juste à temps. Le grand ours brun s'était rapproché d'elle et la fixait méchamment. Un filet de bave s'écoulait de sa large gueule. Il semblait prêt à mordre. Elle s'empressa d'articuler :

— Arthur, reviens !

Instantanément, une lumière traversa l'œil noir

du plantigrade. Il se gratta le ventre puis articula distinctement :

— Je crois bien que je m'étais un peu absenté...

— Ça tu peux le dire ! Sais-tu où est Guillaume ?

— Guillaume ? Connais pas. Et toi, qui es-tu ? Je suis désolé de te dire cela mais tu as un pelage immonde, et qui sent mauvais en plus. Tu dois être bien malade...

La jeune fille souleva la peau d'élan afin de montrer son visage, ainsi que le haut de son corps.

— Alix c'est toi ? Mais... tu es... une fille ?

— Chut ! Parle moins fort, tu vas nous faire repérer ! lui dit-elle en désignant l'enchanteresse, toujours juchée sur son perchoir.

— Ah oui, je l'avais pas vue celle-là, chuchota l'ours en montrant les crocs.

— Concentre-toi un peu Arthur. As-tu vu un loup, un grand loup gris ?

L'ours tourna sa large tête de part et d'autre.

— Pas là... Ni là...

Son amie n'avait pas de temps à perdre, elle commença à aller voir chaque animal afin de lui murmurer :

— Réveille-toi, tu es un homme et non une bête. Il nous faut partir en guerre avant que la lune ne soit haute dans le ciel, nous allons combattre l'enchanteresse pour qu'elle vous rende votre forme humaine...

Elle réveilla ainsi des renards, des cerfs, des biches, des taupes, des aigles... Bientôt, un murmure s'éleva de la cohorte des bêtes, et ce murmure était humain. Ayant presque fait le tour de l'assemblée, elle finit par le voir : le loup gris, Guillaume. Il était tenu en laisse par l'enchanteresse ! Ainsi harnaché, il aurait pu avoir l'air piteux. Pourtant, il resplendissait. Sa fourrure brillait et ses yeux étincelaient.

La chouette voletait au-dessus de lui sans le quitter des yeux et se posait de temps à autre sur son dos. Mais il ne lui prêtait aucune attention. Il était animal. Sans hésiter, Alix se rapprocha plus près. Elle devait lui parler, le faire revenir au plus vite à sa condition humaine. Mais alors qu'elle n'était plus qu'à quelques pas, le renard cria distinctement :

— Alors, on lance l'attaque ?

Cette fois, l'enchanteresse l'entendit et se leva brusquement de son trône. Aussitôt après, elle repéra Alix et tendit vers elle un de ses doigts crochus. De beauté fatale, elle était devenue en un instant vieille sorcière, arborant un nez tordu, une dentition hideuse et des yeux jaunes qui semblaient lancer des éclairs.

— À l'attaque ! hurla Alix.

Alors, tandis que les biches et les cerfs fonçaient cornes baissées, la méchante femme commença à prononcer une incantation. Instantanément, un vent chaud se leva. Il avait la force d'une tornade. La peau de cerf de la jeune fille fut projetée dans les airs et elle se retrouva à quatre pattes, en chemise, avec son épée collée sur le flanc.

— Tiens ! Tiens ! Il me reste quelqu'un à transformer ! Tu n'aurais pas dû venir petite sotte, lui cria la sorcière.

Le moment semblait fatidique mais étrangement, Alix n'avait plus peur. D'un bond, elle se hissa sur ses deux jambes, dégaina son épée de son fourreau et s'avança rageusement vers l'enchanteresse tout en prononçant haut et fort :

— Guillaume, réveille-toi tout de suite, tu n'es pas son chien !

17

La fin d'une bataille et le commencement d'une autre

Le vent chaud provoqué par l'enchanteresse semblait s'être installé, charriant les milliers de murmures qui traversaient la forêt. L'air était électrique. La sorcière se tenait debout devant elle, laide à faire peur et animée d'une puissance surnaturelle. Alix, les deux mains serrées sur le pommeau de son épée, aurait voulu la transpercer sans attendre, projeter son arme en avant de toutes ses forces et l'éliminer de la surface de la terre. Mais elle se sentait désormais paralysée de la tête aux pieds. Seul son cœur battait vite et fort, comme s'il cherchait à la libérer et dans son estomac, son angoisse se mettait en boule comme un animal se cache au fond d’un terrier... La lune était presque à son apogée quand la méchante femme prononça de nouveaux ces mots, ceux-là même qui avaient transformé Guillaume en loup.

— Treuzfurmiñ loen bleiz !

Aussitôt, les feuilles mortes qui gisaient sur le sol se soulevèrent et se mirent à tournoyer autour d’Alix. Un frisson la parcourut de la tête aux pieds. C’était à son tour de subir la transformation. Elle avait échoué. Cette fois, c’était la fin. Elle ferma les yeux, attendant que l’inéluctable se produise... Mais, au moment où elle pensait se retrouver à quatre pattes, un éclair gris fondit sur la sorcière. Guillaume ! Sa mâchoire de loup se referma sur le bras de l’enchanteresse, lui arrachant un cri de douleur. La surprise passée, elle saisit le cou de l’animal de sa main valide. Avec une force prodigieuse, elle le jeta au sol comme un vulgaire chiffon. Le loup tomba à terre, une chute lourde et brutale. Puis, elle recula en soutenant son bras qui saignait abondamment.

Alix hurla :

— Le loup l'a blessée ! Vite ! Achevez-la tout de suite ! hurla-t-elle en s'élançant à l'assaut avec les bêtes carnassières, les renards, les biches et les cerfs qu'elle avait eu le temps de réveiller. Voyant fondre sur elle la cohorte d'animaux, l'enchanteresse recula d'un pas, tenant son épaule meurtrie et les lambeaux de chair qui s'en détachaient. Alix crut que leur chance était enfin venue. Une ombre vint brusquement cacher la lumière de la lune et sembla engloutir la méchante femme. La jeune fille comprit vite de quoi il s'agissait. La tour, telle une géante de pierre venait au secours de sa maitresse !

À partir de là, tout se déroula en un éclair. Dans l'ombre, Alix vit les étranges pattes se mouvoir. Puis, dans un grincement sinistre, une rampe s’abattit au pied de la sorcière et sembla l’avaler, telle une horrible langue. Dès qu’elle fut à l’abri entre les murs de pierre, les ouvertures se scellèrent et, sans perdre un instant, les racines vivantes l’emportèrent à une vitesse folle. Arrachant des arbres, piétinant des buissons sur son passage, la tour disparut dans les profondeurs de la forêt...

Un silence étrange suivit.

Les animaux attendaient un ordre qui ne venait pas. La lune était haute dans le ciel et ils savaient désormais ce que cela signifiait. Ceux qui n’avaient pas retrouvé leur langage humain ne le retrouveraient plus jamais. Ils resteraient des bêtes, sauvages pour le restant de leur existence, vivant dans la forêt de Brocéliande, sans plus rien savoir de leurs anciennes vies. En seraient-ils plus malheureux ? C’était une question à laquelle Alix ne pensait pas encore. Pour l'heure, elle était penchée sur le corps de Guillaume, redevenu jeune homme.

Il semblait dormir, d'un sommeil paisible et profond. Alix lui caressait le front en pleurant doucement. L'ours, son ami Arthur, se dodelinait derrière elle, ne sachant que faire pour la consoler. À leur tour, les autres animaux l'entourèrent. Ceux qui avaient retrouvé leur humanité baissèrent leurs têtes, en signe de respect. Les autres se contentèrent de respirer la dépouille, puis ils s'en détournèrent avant de s'enfoncer dans la forêt.

Alix ferma les yeux de son ami, essuya ses larmes et se leva. Elle savait ce qu'il lui restait à faire : elle allait retrouver chacun des morceaux de l'armure de Guillaume, et ensuite, elle partirait en guerre...

fin de l'épisode

Des mêmes auteurs aux éditions Lilly Jeunesse

Louise, la sorcière au nez en trompette

Louise nait dans une famille de sorcières comme il faut : avec des nez crochus, des mentons poilus et des verrues dodues. Mais horreur ! Avec ses cheveux blonds, ses yeux bleus et son petit nez en trompette, Louise ressemble à une fée. Avec ce minois là, c'est sûr, toutes les sorcières vont la rejeter ! Que faire ? La cacher ? La montrer ? Comment pourra-t-elle trouver sa place ?

Un Oisetier

..."— Tu as vu ce bel arbre !
— Qu'est-ce que c'est ? Demande Ella.
— Tu ne reconnais pas ? C'est un noisetier !
— Un oisetier ? S'étonne Ella."
Ella comprend mal un mot et son imagination s'envole, jusqu'où ira-t-elle ?

Textes de Nathalie Bernard
www.nathalie-bernard.fr

Illustrations de Pauline Amélie Pops
www.toxiclollypops.blogspot.com

Lilly Jeunesse Editions

www.lillyjeunesse.fr

Nathalie Bernard Pauline Amélie Pops
LOUISE
La sorcière au nez
en trompette
Lilly Jeunesse Editions

Nathalie Bernard
Pauline Amélie Pops
Un Oisetier
Lilly Jeunesse Editions